银发川柳

已经被救护车拉黑了

日本公益社团法人全国养老院协会 著
〔日〕古谷充子 绘
赵婧怡 译

人民文学出版社
PEOPLE'S LITERATURE PUBLISHING HOUSE

著作权合同登记号 图字01-2021-2643

图书在版编目(CIP)数据

已经被救护车 拉黑了 / 日本公益社团法人全国养老院协会著 ; (日) 古谷充子绘 ; 赵婧怡译. -- 北京 : 人民文学出版社, 2022
(银发川柳)
ISBN 978-7-02-016097-6

Ⅰ. ①已… Ⅱ. ①日… ②古… ③赵… Ⅲ. ①诗集—日本—现代 Ⅳ. ①I313.25

中国版本图书馆CIP数据核字(2021)第250157号

责任编辑 朱卫净 王皎娇 胡晓明
装帧设计 李苗苗

出版发行 人民文学出版社
社　　址 北京市朝内大街166 号
邮政编码 100705

印　　制 山东新华印务有限公司
经　　销 全国新华书店等

字　　数 74千字
开　　本 787毫米×1092毫米 1/32
印　　张 3.875
版　　次 2022年3月北京第1版
印　　次 2022年3月第1次印刷

书　　号 978-7-02-016097-6
定　　价 36.00元

如有印装质量问题，请与本社图书销售中心调换。电话：010-65233595

银发川柳 7

智能设备篇

据日本总务省调查，在老年人中，智能手机的普及率为 25.6%（2015 年《全国消费情况调查》）。有不少老年人都热衷于为孙子拍摄家庭照片和视频、使用社交网络发布信息等。同时，还有人利用智能手机，为患有认知障碍的老人从步行状况到健康管理进行徘徊检测。电子产品从各个方面开始为老年人的生活提供帮助。虽然在信息安全方面还需要多加注意，但使用智能设备的老年人，今后会越来越多。

I

提笔忘字
结果在想字怎么写时
连要写啥也忘了

乌海一郎・男性・千叶县・93岁・无业

要是能提前知道
什么时候会死
就能更合理地
使用存款了

遥・女性・岐阜县・77岁・主妇

现在还会
温暖地迎接我的
只有坐便器了

圆崎典子·女性·茨城县·53岁·兼职打工者

母亲变得痴呆后
我才知道
她过去的恋爱故事

四叶草·女性·鹿儿岛县·49岁·主妇

有人按门铃
好不容易站起来
开门发现对方已经走了

夏本美智代·女性·大阪府·54岁·护理员

被人问

人生的意义是什么

『就是活着本身呀』

山田和一郎·男性·栃木县·61岁·无业

玩宝可梦游戏注
出去抓小妖精
结果自己走丢了

注：日本任天堂发行的一款游戏

拙作先生·男性·静冈县·76岁·无业

遗书上写着
财产都留给老婆
然而遗书的笔迹
也是老婆的

陆空阿姨·女性·爱知县·59岁·主妇

明明已经睡着了
还被家人特意叫醒
吃安眠药

瀬户尚子·女性·神奈川县·59岁·主妇

纸尿裤
把我的地位和名誉
全吸走了

厚木阿和·男性·神奈川县·73岁·无业

老人聚会时也流行『你的名字』注

羽田聪子·女性·冈山县·62岁·主妇

注：这里是指 2016 年在日本上映的一部同名电影

『过来』
老婆一声令下
我赶紧跟了上去

山本敦义·男性·爱媛县·83岁·无业

扫地机器人
都能过去的门槛
却把我绊倒了

亚沙妈妈・女性・大阪府・58岁・无业

把银行卡密码
写在了
存折上

平野好·男性·青森县·75岁·无业

去庙里拜佛
实在走不动了
就在台阶下面拜一拜吧

浦本狂儿 · 男性 · 熊本县 · 83岁 · 无业

实在太健忘

把脑子里的知识

丢掉一些

给大脑腾个地儿吧

加藤义秋 · 男性 · 千叶县 · 70岁 · 无业

玩平板电脑时
用手指蘸唾沫翻页
惹孙子生气了

平野好・男性・青森县・75岁・无业

宠物死的时候
比老伴去世时
哭得还要大声

岩谷纪子·女性·东京都·76岁·主妇

在听到我获得
接受护理的资格时
全家人都哭了出来

中川洁·男性·福井县·53岁·公司职员

我和老伴手牵手
互相成为
彼此的拐杖

荒木惠子·女性·爱媛县·63岁·无业

II

今天睡过头了
结果一开门
门口站了好多人

文海胡·女性·茨城县·59岁·公司职员

这把老骨头
哪怕被鞭策
内心也没有一点波澜了

真锅稚人·男性·大阪府·75岁·指压师

去海边玩耍时
穿着比基尼的奶奶
把孙子吓着了

冈部晋一 · 男性 · 神奈川县 · 78岁 · 无业

邮购了三件
完全一样的东西

淘气鬼・男性・长崎县・64岁・无业

说好的白头偕老
结果老婆染成了紫色
我染成了茶色

前原和子 · 女性 · 冈山县 · 87岁

老婆今天不在家
我找酱油
花了一个小时

梶政幸・男性・千叶县・51岁・个体户

老爸问护工
你们是
干啥工作的

中井康司·男性·京都府·63岁·无业

主治医生
向百岁患者讨教
长寿秘诀

中川洁·男性·福井县·51岁·公司职员

夫妻和睦的关键是
平时少说话
没事多出门

荒木贞一·男性·北海道·73岁·无业

老了糊涂了
在你说这句话时
表示你还没糊涂

米山敬文・男性・千叶县・62岁・公司职员

实在太无聊
跑去排队玩
还问别人这是排啥呢

清词薰·男性·三重县·63岁·兼职工作者

老伴说今天是恋爱的第十五天

阿育·女性·鸟取县·60岁·兼职打工者

倒车入库时意识到
自己应该把驾照
退回去了

栗原由纪子·女性·东京都·81岁·无业

直到我起身之前
都还记得
自己要干什么

山田明·男性·千叶县·65岁·无业

给抗拒刷牙
的孙子
看了自己的假牙

由美子罗琳・女性・冈山县・72岁・主妇

每次掏完耳朵
跟家人的关系
就会变差

——灯柳·男性·福岛县·88岁·无业

送快递的
看到我开门时
明显松了口气

吉野信幸・男性・埼玉县・56岁・公司职员

忘了孙子叫啥
还向邻居
询问了一下

小川忠重·男性·栃木县·67岁·无业

在海鲜市场
买下了
和自己有点像的虾

渡边俊雄・男性・枥木县・84岁・无业

好不容易化了个精致的妆
孙子看到以后
吓得动弹不了了

莲见博·男性·枥木县·64岁·无业

III

已经不行了
别再活得更久了
二十年就差不多了

中野弘树·男性·琦玉县·70岁·个体户

趁着还有力气化妆
赶紧把遗照拍了吧

小尚·女性·东京都·46岁·主妇

餐馆聚会
大家一起
戴上老花镜看菜单

竹内照美·女性·广岛县·60岁·公司职员

奶奶的体重没减
健身器材倒是
越买越多

山本敦义・男性・爱媛县・83岁・无业

做人要有骨气
然而还是扛不住
骨质疏松

小手毬·男性·静冈县·71岁·无业

已经习惯了
每天在佛坛前
整理自己

江户川散步·男性·千叶县·64岁·个体户

喂 来杯茶
在橱柜里自己拿
老婆回答

高桥多美子·女性·北海道·55岁·兼职打工者

已经被救护车
拉黑了

今津茂·男性·冈山县·68岁·无业

博学多识的奶奶
已不会读
孙子的名字了

村崎香 · 女性 · 北海道 · 26岁 · 教育工作者

儿子你说得很在理
但我也有自己的主张
父子日常争论

佐佐木博康・男性・奈良县・62岁・公司职员

迎接终老
就差
再拍一册影集了

久保木主税・男性・千叶县・62岁・无业

以前走路虎虎生风
现在走路气喘吁吁

矾部不二夫・男性・新潟县・67岁・无业

同学会上
问别人
你多大了啊

松田茂·男性·东京都·77岁·无业

那家伙到底
给我寄了多少张
贺年卡啊

小林美博・男性・新潟县・57岁・公司职员

被高三的孙子
敦促着
赶紧去选举投票

古子·女性·熊本县·60岁·无业

把『打折』

听成了『打钱』

还把孙子骂了一顿

山田瑶子·女性·神奈川县·86岁·无业

睁眼一看表
时间五点整
这是下午还是凌晨啊

梅野·女性·东京都·44岁·公司职员

比起和我
老婆和狗狗
聊得更起劲

足立忠弘·男性·东京都·77岁·无业

睡午觉时
孙子爷爷和猫猫
睡成一个『川』字形

饭田芳子·女性·埼玉县·62岁·无业

在遗书里写了
『什么都没有』
真是对不起

Happy女性・宫崎县・80岁・主妇

因为那个时刻的
那一句话
今日已是金婚[注]

东清和·男性·福岛县·73岁·公司董事

注：指结婚五十年

长寿的人太多
老年人的定义
都要改变了

川岛一行·男性·千叶县·71岁·无业

『你知道我是谁吗』
每天都要
被老婆试探地问

林本广美·女性·兵库县·61岁·家政员工

哭出来不是因为难过
而是因为
咽喉发炎嗓子疼

风月·东京都·69岁·无业

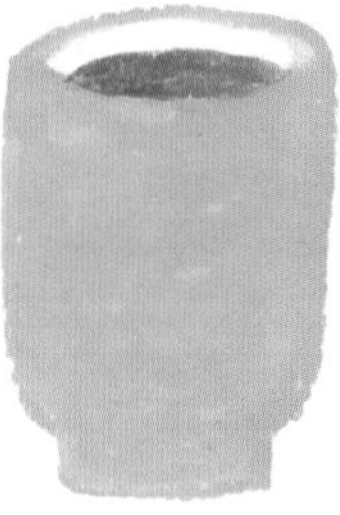

IV

老婆今天出门
家里空气瞬间清新了
赶紧深呼吸

恐妻家·男性·鸟取县·74岁·无业

出门旅行
准备把老公
寄存在便利店里

阪井纪美・女性・奈良县・67岁・无业

阳光不错来散步
结果被狗追着跑

无丝丝·男性·神奈川县·63岁·无业

去夜店时
被人说
要注意预防老年痴呆

味曾田乐・男性・东京都・76岁・无业

洗澡时间久一点
就有人来看我
是不是还好

奈美枝·女性·冈山县·36岁·公司职员

看医生时
比起医术好的
更喜欢找会聊天的

三郎·男性·千叶县·66岁·无业

退休以后
在家里
也进入了替补席

春留·东京都·68岁

终于能坐一次
高级车了
不过是灵车

西田勋·男性·北海道·79岁·无业

每次同学聚会
大家的衰老程度
都会出现明显的差距

藏田正章・男性・福冈县・78岁・无业

吃什么都要
嚼三十下
下巴好累

阿延·女性·神奈川县·64岁·兼职打工者

今天有运动会
爷爷起得
比孙子还早

日下部哲好・男性・千叶县・68岁・无业

把所有的健康秘方
都试了一遍
结果身体更加糟糕了

浅井阳一郎·男性·爱知县·51岁·公司职员

老人协会开会时
打瞌睡的状况
绝不输国会

罗曼·男性·北海道·49岁·公司职员

家族旅行时
我的床铺就在
厕所门口

角森玲子·女性·岛根县·48岁·个体户

耳背把我

从妻子的抱怨声里

解放了

矶庄一郎·男性·枥木县·73岁·农业

定期利息高
但要存十年
老爸开始纠结了

内山祐子·女性·神奈川县·48岁·主妇

活得太久了
连买棺材的钱
都取出来花完了

根本英昭 · 男性 · 福岛县 · 66岁 · 无业

一到商场特卖日
奶奶立马
精神百倍

吉田耕一·男性·长崎县·75岁·无业

已经活了一百岁
体检没查出大病
还是会庆幸一下

铃木贵子·女性·枥木县·56岁·主妇

医院养老院寺院
建在一起
一条龙服务

阿乐·男性·神奈川县·66岁·无业

把旧锅已经扔出去了
想想好像还能用
又去捡了回来

大原美枝子 · 女性 · 神奈川县 · 92 岁 · 无业

六十大寿的时候
米寿注的老大哥说我
『你还年轻』

注：八十八岁的雅称

初子·女性·千叶县·63岁·团体职员

真没注意到自己所说的『刚才』指的是三天前

川口等·男性·东京都·60岁·公务员

像猫一样
行动迟缓
还一脸不满

见边千春·男性·东京都·69岁·合同职员

后记

各位读者，感谢你们的阅读。自从 2001 年本系列作品出版以来，广受读者欢迎的“银发川柳”今年又推出了续篇。编辑部几乎每天都能收到热心读者的来信。在此致以诚挚的感谢。

“年纪大了以后，感觉读到的内容与自己的重合度颇高，实在是让人非常愉快。哪怕是到了需要人看护的时候，我也会一直带着这本书的。”（75 岁 女性）

“原来如此！原来如此！原来有这么多老年人啊！我也会努力和同龄人搞好关系的！这本书简直就是老人俱乐部的教科书！”（90 岁 男性）

“因为觉得自己有必要开心一下就买了，结果在回去的巴士上笑到停不下来。字很大，很容易读。送给朋友的话对方肯定很高兴。”（81 岁 男性）

“一个人住难免有失落的时候，可每次翻开这本书就能露出笑容，让心中的乌云消散。可谓我的名著！”（71 岁 女性）

“书里有好多逗得我和奶奶哈哈大笑的作品。真的太有趣了！”（11 岁 小学生）

“银发川柳”是日本公益社团法人全国养老院协会从2001年开始、每年都会举办的川柳作品征集活动。这是一项以轻松愉快地创作川柳、积极肯定老年生活并从创作中得到乐趣为初衷的征稿活动。

本书收录了88首作品，其中包括第十七届活动中的20首入围作品。健忘、看病、婆媳关系以及对孙辈的疼爱之情等，都是日常发生的身边之事，请大家尽情阅读。

顺带一提，今年的投稿数为15576首，约为去年的两倍。投稿者的平均年龄为74.5岁，男女比例几乎完全一样。最年长者为100岁的女性，最年少者为4岁的女童。投稿者的年龄构成中，70岁的年龄层最多，接下来则是60岁和80岁的年龄层。

川柳的乐趣之一是在创作中使用当年的流行词。比如今年的入围作品中，“玩宝可梦游戏 / 出去抓小妖精 / 结果自己走丢了”“老人聚会时也流行 / 你的名字”都将今年流行的游戏和电影内容与老年生活相结合，营造出独特的笑点。还有“玩平板电脑时 / 用手指蘸唾沫翻页 / 惹孙子生气了”“扫地机器人 / 都能过去的门槛 / 却把我绊倒了”，这些作品中描写的景象，就像直接浮现在我们眼前一般，都是能引起广泛共鸣的作品。

在超高龄社会的日本，这套反映老年人诙谐生活面貌的《银发川柳》应运而生。这让我们在面对严酷现实的同时，不会忘记快乐的时光。通过川柳，我们希望告诉大家每个人都不孤独。

如果本书能够博大家一笑，那实在是我们的无上之喜。

最后，向所有为本书提供作品的作者，表达最诚挚的感谢。

日本公益社团法人全国养老院协会

白杨社编辑部